No hay gigante ni dragón

más grande o poderoso

que la imaginación humana.

—M. E.

A mis padres, que me llevaron a ver los molinos de viento de don Quijote
en la Mancha, España, cuando yo era pequeña.

—M. E.

A la memoria de mi tío Frank, quien soñó mi sueño antes que yo.

—R. C.

Agradecimientos de la autora
Doy las gracias a Dios por las historias, especialmente las quijotescas. Me siento
profundamente agradecida a mi familia, a Georgina Lázaro y a Teresa Mlawer,
Michelle Humphrey, Margaret Quinlin y a todo el equipo de Peachtree.

Published by
PEACHTREE PUBLISHERS
1700 Chattahoochee Avenue
Atlanta, Georgia 30318-2112
www.peachtree-online.com

Text © 2017 by Margarita Engle
Illustrations © 2017 by Raúl Colón
Translation © 2018 by Peachtree Publishers

Also available in an English-language hardcover
Miguel's Brave Knight: Young Cervantes and His Dream of Don Quixote
ISBN 978-1-56145-856-1

Edited by Margaret Quinlin and Vicky Holifield
Design and composition by Nicola Simmonds Carmack
Translated by Teresa Mlawer and Georgina Lázaro
Copy edited by Ana María García
Proofread by Hercilia Mendizabal
The illustrations were rendered in pen and ink and watercolor.

Printed in September 2017 by Tien Wah Press in Malaysia
10 9 8 7 6 5 4 3 2 1
First Edition
HC ISBN: 978-1-68263-019-8
PB ISBN: 978-1-68263-020-4

PHOTO CREDITS
Shutterstock
Illustration by Gustave Doré (Nicku), *Bronze sculpture by Lorenzo Coullault Valera in Madrid* (JPF), *Painting by Pablo Picasso* (imageZebra)

Library of Congress Cataloging-in-Publication Data

Names: Engle, Margarita, author. | Colón, Raúl, illustrator. | Mlawer, Teresa, translator. | Lázaro, Georgina, translator.
Title: Miguel y su valiente caballero : el joven Cervantes sueña a Don Quijote / poemas de Margarita Engle ; ilustrado por Raúl Colón; traducido por Teresa Mlawer y Georgina Lázaro.
Other titles: Miguel's brave knight. Spanish
Description: First Spanish edition. | Atlanta : Peachtree Publishers, 2018.
Identifiers: LCCN 2017023100| ISBN 9781682630198 (hardcover) | ISBN 9781682630204 (pbk.)
Subjects: LCSH: Cervantes Saavedra, Miguel de, 1547–1616—Juvenile poetry. | Authors—Spain—Juvenile poetry. | Children's poetry, American.
Classification: LCC PS3555.N4254 M5518 2017 | DDC 811/.54—dc23 LC record available at *https://lccn.loc.gov/2017023100*

Miguel y su valiente caballero

El joven Cervantes sueña a don Quijote

Poemas de
Margarita Engle

Ilustrado por
Raúl Colón

Traducido por
Teresa Mlawer y Georgina Lázaro

PEACHTREE
ATLANTA

Felicidad

Cuando cierro los ojos,

cabalgo en las alturas

montado en un caballo

color luna naciente.

Pero, cuando abro los ojos,

todo lo que veo es a Papá que vende

el último de los caballos de su establo,

su dulce y encorvado rocín,

tan cansado ya que sería feliz

durmiendo

todo el día.

Entonces, cierro los ojos nuevamente y veo

un corcel a galope

llevándose

la tristeza

de Papá…

Historias

Junto a mis hermanas,

es fácil imaginar

que las historias que cuenta Mamá

son reales.

Representamos cada escena,

creando pequeñas obras de teatro

llenas de dragones y héroes.

Con la bacía de Papá en la cabeza,

sostengo la escoba de Mamá en alto.

Soy un caballero montado en su corcel,

armado con un yelmo dorado

y una lanza reluciente.

Me envuelve la felicidad cuando cabalgo

y salto hacia mi mundo imaginario

de hazañas valerosas.

Hambre

Para olvidar las penas,

Papá a menudo arriesga

sus escasos ingresos.

¡Y ahora lo han arrestado!

Unos soldados se lo llevan

a la cárcel de morosos

por pedir prestado dinero

que no puede devolver.

Sola, Mamá se queda sin

muebles,

vajilla,

esperanza.

Incluso se han llevado nuestras camas y platos.

¿Dónde dormiremos?

¿Con qué comeremos?

Consuelo

Habitaciones desnudas.

Paredes en blanco.

Nuestra casa vacía luce

inhóspita

y fantasmal…

Pero, cuando cierro los ojos,

salta la chispa de un cuento.

La historia de un valiente caballero

que cabalgará sobre

un recio caballo

para combatir

el mal

de este confuso

mundo.

Esperando

Papá sigue preso.

Mamá aprende a sobrevivir.

Para poder alimentarnos,

compra y vende mantas

y baratijas, lee contratos,

firma papeles,

trabaja duro…

Y yo, en la escuela, sueño despierto

mientras el maestro lee solemnes relatos

de antiguas desventuras.

En mi mente, historias de guerras

y más guerras

giran como un remolino para dar paso

a un hombre valeroso,

que, sobre su caballo,

galopa hacia un mundo

de emocionantes aventuras.

Volver a empezar

Al fin Papá está libre, y la vida continúa para mi familia.

Conocemos nuevos lugares,

nuevas caras, ¡nuevas esperanzas!

En las fiestas populares, actores disfrazados

interpretan obras espléndidas,

mientras que magos y músicos

deslumbran

a la multitud.

En las esquinas, los narradores de cuentos

relatan historias de gigantes y dragones, y yo me imagino

un día contando mis propias historias,

las aventuras de un caballero que vaga hacia

un lago azul profundo…

una montaña imponente…

una cueva

luminosa…

Escuela

A veces puedo ir a la escuela.

El maestro nos lee maravillosas palabras de antaño.

Si al menos hubiera suficientes libros

para que cada alumno pudiera abrir

las puertas

de esas páginas.

Pero solo a los maestros

se les permite tener libros.

Así que me siento atento,

con las manos vacías

y la cabeza

llena de ilusiones.

Humo

Afuera en la plaza, respiro

un aire oscuro.

Una montaña de libros…

¡triste esencia

de ardientes

llamaradas!

Cuando le pregunto a Mamá

por qué queman esos libros,

me explica que va en contra de la ley

escribir historias que nacen de la imaginación.

Pero ¿cómo pueden quemar algo tan valioso

cuando en nuestra escuela hay tan pocos libros,

y mi mente los ansía tanto?

Mi valiente caballero

rescataría las páginas de entre las llamas.

Si al menos...

Papá trabaja, corta el pelo, recorta barbas,

saca muelas y cura heridas.

Si al menos no pidiera prestado

y gastara el dinero que no tenemos

una y otra vez, siendo como somos

tan pobres.

Si al menos no tuviéramos que mudarnos tan a menudo.

Si al menos pudiéramos vivir en un mundo

de audaces

ensueños.

Ensueños

Mi soñado caballero

protege a labradores y doncellas

de ogros, duendes y gnomos.

Ve molinos de viento como gigantes

de enormes brazos que giran.

Ante sus ojos, una desaliñada labradora

es una hermosa princesa. Cuando se encuentra

con un rebaño de ovejas de lana larga y rizada,

exclama: «¡Mirad! ¡Mirad! ¡Cuidado con esos

guerreros de armaduras

de serpiente!».

Con su rollizo amigo cabalgando junto a él,

montado sobre un torpe asno,

mi soñado caballero

me hace

sonreír.

Desastre

No más sonrisas.

Es un año de plagas.

Enfermedades.

Hambruna.

Terror.

No hay escuela.

No hay maestro.

No hay libros.

Solo tristes

plegarias.

Pero aun así llevo historias ocultas

en la cabeza, relatos soñados

que calman

mi inquietud.

Aprendiendo a escribir

Una vez más nos mudamos,

esta vez a Sevilla,

una gran ciudad de inmensas catedrales,

primos adinerados

y una escuela para mí.

Mi nuevo maestro me enseña

cómo escribir

¡mis propias obras de teatro

y mis poemas!

Ahora, cada vez que sueño despierto, imagino

al público en la plaza,

labradores, artesanos, panaderos, niños, todos mirando,

escuchando, sonriendo,

mientras les narro historias

de mi valiente,

esperanzado caballero.

Esperanza

Las deudas destruyen de nuevo la paz de nuestra familia.

Enojados acreedores amenazan con enviar a Papá

otra vez a la cárcel,

encadenado.

Huimos de noche,

hacia Madrid,

con la esperanza de un futuro

sin

temores.

¿Dónde encontraremos ese futuro imposible?

¿Quizá solo en las páginas de mi

imaginación?

Una nueva vida

Ahora soy mayor.

En Madrid, estudio con un profesor

que elige cuatro de mis poemas

para publicarlos en un libro.

Un libro de verdad, firme y pesado en mis manos,

poderoso, duradero, con páginas

como

puertas

abiertas.

Algunos sueños a veces

se hacen realidad.

Imaginación

Ahora sé que algún día

realizaré mi sueño y escribiré

la increíble y singular aventura

de mi valiente caballero, a quien llamaré

don Quijote.

Le daré alas

desde mi imaginación

para rectificar

todos los males

de este maravilloso

pero terriblemente

confuso

mundo.

Nota de la autora

Como muchos niños hispanoamericanos, crecí rodeada de imágenes de don Quijote. Mi madre, cubana, me contaba historias de las aventuras de este caballero, y mi padre, norteamericano, me mostraba diferentes aspectos de sus andanzas a través de sus pinturas.

Crecí en los años sesenta, una época de gran inestabilidad política y social. Escuchábamos noticias diarias acerca de la Guerra Fría, la lucha por la libertad de expresión, el movimiento feminista y la lucha por los derechos civiles. En Los Ángeles, donde vivíamos, mi familia a menudo participaba en demostraciones y protestas pacíficas.

En 1965, cuando tenía trece años, viajamos a España para ver los molinos de viento que sirvieron de inspiración a Cervantes. En las remotas colinas de la Mancha, mi padre se colocó una bacía en la cabeza y, con una vara en la mano, representó la escena más famosa del libro en la que don Quijote ataca los molinos de viento pensando tontamente que eran unos gigantes.

Pero el caballero valiente era esto y mucho más. Era determinado y perseverante, pero, sobre todo, era un soñador, una persona que irradiaba esperanza incluso ante las situaciones más adversas. Don Quijote no se rendía ni aun cuando el desánimo lo invadía. Su idealismo es tan relevante hoy día como lo fue entonces.

En lugar de contar las hazañas de este valeroso caballero, decidí relatarles la historia de Miguel de Cervantes, el hombre que soñó y dio vida a don Quijote. La obra *No Ordinary Man: The Life and Times of Miguel de Cervantes*, de Donald McCrory, fue una de mis principales fuentes de información sobre la vida de Miguel de Cervantes. También me basé en la obra original escrita en español y la traducción al inglés, particularmente la de Edith Grossman del 2005.

Escribí *Miguel y su valiente caballero* para mostrar cómo el poder de la imaginación puede ser una gran fuente de consuelo y esperanza en tiempos de lucha y sufrimiento. —M. E.

Nota del ilustrador

Conocí por primera vez la obra *Don Quijote de la Mancha* en mi último año de la escuela secundaria. Durante semanas y semanas, nuestra entusiasta profesora compartió y discutió episodios del libro que leía como una comedia épica. Pero no llegué a apreciar la genialidad de su obra hasta mucho tiempo después.

Cuando me pidieron que ilustrara *Miguel y su valiente caballero*, me lancé a ello como un caballero que se enfrenta a unos gigantes.

Lo más importante es que me brindó la oportunidad de volver a leer el texto en español. Crear imágenes siguiendo la historia es una de las experiencias más reveladoras que he tenido.

Desde luego que hice algunas investigaciones, incluyendo el encuentro «casual» con la biografía de Cervantes, con docenas de notas y dibujos, publicada por American Heritage Press en 1968. ¡Y, por supuesto, las maravillosas palabras de Margarita Engle! Los grabados de Gustave Doré me sirvieron de inspiración. Pluma, tinta y acuarelas me parecieron el medio adecuado para ilustrar este libro. Espero que ustedes estén de acuerdo. —R. C.

Nota histórica

Cervantes vivió durante una época significativa en la historia de Europa. Una era de avances en el arte de la cartografía, la exploración del Nuevo Mundo y la colonización de las Américas.

Un período de grandes adelantos en las ciencias: tanto Copérnico como Galileo formulaban sus teorías en estos tiempos. Apenas cien años antes de que naciera Cervantes, Gutenberg había inventado la imprenta con tipos móviles, y para el 1500, una gran cantidad de libros se imprimían en Europa occidental. En las artes, Leonardo Da Vinci y Miguel Ángel, en Italia, eran conocidos por sus obras maestras, y William Shakespeare, en Inglaterra, escribía sus maravillosos textos teatrales.

Nota biográfica

Grabado de Frederick Mackenzie

Miguel de Cervantes Saavedra nació en Alcalá de Henares, España, en 1547. Su padre, empobrecido descendiente de una familia de hidalgos, ejerció como barbero y cirujano errante, y en ocasiones pedía prestado dinero que malgastaba. Fue encarcelado dos veces al no poder saldar sus deudas. La familia tuvo que mudarse varias veces eludiendo a los acreedores. El joven Miguel asistió a la escuela siempre que pudo. En Madrid, estudió con Juan López de Hoyo, quien logró que le publicaran cuatro poemas que había escrito.

A los veintidós años, Miguel fue acusado de herir a un hombre en un duelo, y tuvo que huir de España para escapar de la justicia. Dos años más tarde, él y su hermano Rodrigo se alistaron en la Armada, y Miguel resultó herido en la batalla de Lepanto contra los turcos. Ambos fueron capturados por piratas y vendidos como esclavos en Argel. Varios intentos de escapar fracasaron, hasta que sus familiares en España recaudaron suficiente dinero para liberar a Rodrigo, mientras que Miguel permaneció cautivo varios años más. Cuando al fin fue puesto en libertad, Miguel regresó a España. No buscaba venganza; por el contrario, se expresaba a favor de la paz.

Miguel consiguió un empleo como comisionado de abastecimientos para la Armada española. Viajó por el país escuchando las historias que contaban labradores, cazadores, posaderos y mendigos. Pero fue acusado de irregularidades en las cuentas y terminó en la misma cárcel en la que había estado su padre. Nuevamente, encontró refugio en las historias, imaginando las aventuras de un caballero amante de los libros. Después de que fuera puesto en libertad, escribió un extenso manuscrito que tituló *El ingenioso hidalgo Don Quijote de la Mancha*. Este fue el primer libro de la literatura occidental, escrito en el lenguaje del pueblo, que describía a un personaje imaginario en un mundo real. Se publicó en 1605, y en poco tiempo los protagonistas de la historia se convirtieron en héroes populares.

Miguel de Cervantes falleció en abril de 1616, unos días antes de que falleciera William Shakespeare. Don Quijote, el caballero que creó, sigue siendo un querido personaje universal.

Don Quijote, un icono cultural

Miguel de Cervantes es mundialmente reconocido como el padre de la novela moderna. *El ingenioso hidalgo don Quijote de la Mancha* es uno de los libros más importantes de la cultura de España e Hispanoamérica, y la figura de este imaginario caballero también ha ejercido gran influencia en la cultura occidental. Desde su publicación en 1605, ha servido de inspiración y modelo para innumerables obras de arte, no solo dibujos, pinturas y esculturas, sino también libros, poemas, obras de teatro, óperas, *ballets* y películas.

En el siglo XIX, destacados artistas como Honoré Daumier y Gustave Doré hicieron grabados de las aventuras de este imaginario personaje. Y en el siglo XX, las pinturas de Pablo Picasso de este melancólico caballero se convirtieron en algunas de las imágenes más habituales de don Quijote en el arte moderno.

Don Quijote es una figura de reconocimiento internacional, hasta el extremo de que su idealismo ha pasado a formar parte de la lengua inglesa. Actos visionarios de esperanza se conocen como *quixotic deeds*, hazañas quijotescas, en español.

Grabado de Gustave Doré

Escultura de bronce de Lorenzo Coullault Valera, en Madrid

Pintura de Pablo Picasso